HAPPINESS IS AT
THE TURNING POINT

陈其旭 —— 著

幸 福 就 在 拐 弯 处

黄河出版传媒集团
阳 光 出 版 社

图书在版编目（CIP）数据

幸福就在拐弯处 / 陈其旭著. -- 银川 : 阳光出版
社, 2016.12

ISBN 978-7-5525-3337-8

Ⅰ.①幸… Ⅱ.①陈… Ⅲ.①诗集－中国－当代
Ⅳ.①I227

中国版本图书馆CIP数据核字（2016）第315738号

幸福就在拐弯处   陈其旭　著

责任编辑　贾　莉
封面设计　礼孩书衣坊
责任印制　岳建宁

黄河出版传媒集团
阳　光　出　版　社　出版发行

出　版　人　王杨宝
地　　　址　宁夏银川市北京东路139号出版大厦（750001）
网　　　址　http：//www.yrpubm.com
网上书店　http：//www.hh-book.com
电子信箱　yangguang@yrpubm.com
邮购电话　0951-5045842
经　　　销　全国新华书店
印刷装订　广州星河印刷有限公司
印刷委托书号　（宁）0004078

开　　本　889mm×1194mm　1/32
印　　张　5
字　　数　90千字
版　　次　2016年12月第1版
印　　次　2016年12月第1次印刷
书　　号　ISBN 978-7-5525-3337-8
定　　价　30.00元

目
录

序 言

第一辑 回眸岁月

第二辑　一禅一味

第三辑　风中行走

物语，对事物与世界的诗意采撷

安石榴

一年多前，因为写作《在丰顺等你》一书的缘故，地处粤东客潮交汇地带的丰顺县，成为了我比自己的家乡还要熟知的地方，并由此持续熟悉和亲近了起来。此后，每次再去丰顺，我都有一种回乡的感觉，丰顺的朋友们，尤其是同样热爱文学的朋友，就成了我内心暗暗认定的乡党，诗人陈其旭便是其中的一个。

在写作的历程上，陈其旭比我展开得更早，自结识以来，他一直是我保持着尊重及亲切的兄长。我阅读过他的许多作品，包括之前出版的诗集《水底的稻》和诗性随笔集《诗话人生》，以及不断见诸报刊的一批零散的诗作，并有过多次深入而愉快的交流。这次，他又将两年来的诗歌作品结集为《幸福就在拐弯处》，嘱托我为之作序，让我得以先行探寻他诗歌设置的"拐弯处"，快人一步地感受到他的"幸福"。

物与人的交拟

如果说诗歌是语言的隐秘建筑，那么字词、句子就是经过挑选打磨的砖块，意象、结构等就是意念混合之后的钢筋和混凝土，诗人既是建筑师，又是居住者，遵循自我认定的空间及美学法则，搭建试图受到时间光亮普照的语言之屋，并热衷于坐在屋子里不断地敲打。或许可以这样去看，一部诗集就是一个诗人在某个阶段工程告竣的屋宇，凝聚着诗人在此期间的心血、追求，包括趣味及享受。在对《幸福就在拐弯处》进行反复阅读之后，我依稀认清了陈其旭赋予这座语言建筑的风格，大致感受到了材料的质地，并仿佛触摸到了内在刻画的符号。在此，我愿意借助"物语"这一指认性的词语来展开个人的浅显的谈论，就我看来，这部诗集中的诗歌，无一不是状物为语、由物及意的，诗人通过对所见所闻的日常事物以及若隐若现的物我世界的观察，采撷下能够发生诗意传递的物语，构筑散发着自己气息和声音、思维与思想的诗歌宫殿。

物语是根据事物的一些特性、人们的习惯等，将事物拟人化了，或者将人的表达物化了，从而达到情感表述的需要。物语可以视作事物与心灵碰撞产生的共鸣，也可视作具有特殊转换作用的一种技法。在日本，物语是一种流传久远的文学体裁，意即故事、传说或杂谈。由此可见，物语进入写作，是一种可资借鉴的有效手法。既然物语的核心是拟人化或物化，是物与人的精神共振，那么，物与人的交拟自然必不可少，应当认为是这一手法的要旨，是事物、情景、情感等的有机联系与交融。从《幸福就在拐弯处》中，可以抽出不少这样的写作样本。

"一个莽撞的少年/将春天打翻"、"山路很长，一个人走/任阳光从肩上滑落/鸟的天籁在背后追。"从诗集一开始的《打翻的春天》以及被用作书名的《幸福就在拐弯处》两首诗中，我就清晰地看到了物与人交拟，可以判断陈其旭对此的看重，除了词语、意象等交织组合的延伸效果，从中还可看到场景化和时空感，窥探得出他的情感方向，借助物与人交拟而构成的情绪、空间错落，表达生命、人生的缅怀与感悟。再如"红灯笼一盏接一盏/点亮，像中年的心事/热烈而不晃眼"（《不肯下船的青春》）、"又一年过去了/我信任的硬盘也突然失联/做一个细心的人，配合时光/收藏起工作、生活的酸甜苦辣"（《旧年帖》）、"春天还在低处/你看到的我，是凋疏的/就像泰山上的树/只有光秃秃的枝丫"（《泰山上的树》）……这些不断闪现的诗句，均是由物及人或者由人及物、再进一步及情及意的触动和提升，呈现出诗人多感易动的性情，外层内层转换拓开的能力以及思索所抵达的深度、广度。

物与人的交拟，又并非简单的拟人化或物化，也不仅仅是拟人化和物化的交互，无论任何时候，技法的运用都只能是写作的进入和展开，唯有作品达到精彩与完美，其魅力方能显现出来，否则不是黔驴技穷，就是画蛇添足。我始终认为，诗歌是一种节制而完整的艺术，语言和技巧都不可轻率滥用，节制中又见结构及巧妙，是优秀诗歌的一种品质。从《幸福就在拐弯处》的部分诗歌，我惊喜地遇上了这样的品质，以《可以携带的春天》为例："你看到茶山上的绿/铺上云端/折叠起来/每一片，都是/可以携带的春天……"在此，简净的语言带出交拟的力量，充分发挥了意象的作用，同时又渲染出场景化、情景化的效果。

物与物的叠加

　　诗歌是最具个性化及意愿化的，在很多人的诗歌写作中，都极少看到他者，"我"往往成为一首诗的中心，成为磁场正中的磁铁。当然诗歌中的"我"在大多数时候都不单纯代表人称，而更多是起着引导、推进或其他作用的代称，这已成一种约定俗成的常态。但是，不能不说，将"我"从句子中直接或间接隐去，让"他者"以主体的面目充分在场，在诗歌写作中具有相当大的难度，很可能会致使写作者把握不住方向。或许这并不能算作是一个问题，因为诗歌写作在很多时候可以把一切打碎。在这里，我想说的只是，在我为陈其旭诗歌所梳理的"物语"中，我察觉到另一种重要的手法，就是几乎完全以他者视角展开的物与物的叠加。

　　在物与物的叠加中，具有强烈的拟人化，同时隐现出一个暗中在场的"我"。这是我从《幸福就在拐弯处》这部诗集中相对于物与人交拟的另一种发现，应该加以说明的是，或许陈其旭本人并没有如此有意识地作出安排，他不过是自然而然地运用了自己的感受和方法，而我基于自己的阅读认知并为了印证自己的指认，未免显得牵强附会了，很可能有所偏离。这并无不可，一个诗歌写作者不可能时时预设一条轨道，一个读者也未必能够轻易触摸到作者的意趣，写作过程充满意外和历险，阅读也有着多重理解与可能。还是让我按照个人的解读，列举一两个具有代表性的物与物叠加的例子吧，如"银杏飞进阳台/召开色彩大会/空椅子上的霞光/转身走出草坪"（《静美无声》），银杏、阳台、空椅子、霞光、草坪，这些物象意象的组合，形成了色彩和光影的叠加，构成了一个陆离、静谧而柔美的世界；再如"阳光穿过冰雪/大地满足于自己的静穆/飞鸟收起鸿爪/不想惊动冬眠的鱼//你爱上的世界/一天比一天暖和"（《你爱上的世界》），由阳光、冰雪、大地、飞鸟这些自然界事物的叠加，衬托出一个安静祥和的场景，并延伸到自然生态上面，表现出和谐、温暖、爱及憧憬。

诸如这样的物与物叠加，看上去似乎是静态的，但却是动态的，因为整个情形生动而真切，更因为其中加入了拟人化的表述，开启了情怀的通道，打开了哲理的空间。及物的目的是为了及意，让物与物在语句中反复出现，不断闪动，诗意也就一环扣一环，获得更多的指向，抵达更广阔的境地。我注意到，在物与物的叠加中，陈其旭充分运用了意象的力量，在巧妙的起承转合中既显出结构的美感，又突出诗意的递升，试读这一首《大地隐藏它的秘密》："花儿香，绿叶长/蝴蝶翩翩飞/鸟嘴里衔着的母爱/填满整个天空/大地隐藏它的秘密/你喜欢的佳丽/像春风一样短暂/她要你读懂祥瑞/然后，对万物心生感激"，本诗由物到物，再及人及意，最后又回到对物的体察，诗意空间及哲思理性就在其中渐次打开。

看得出，陈其旭试图通过对"万物"的体察，通过物我之间的沉思，从物性到人性、到灵魂的角度，表达个人对生活、对生命、对人生的感悟。在诗集第二辑《一禅一味》中，最能体现了他的这一心境，堪称情怀和心灵的写照，流露了他对简约、宁静与美好生活的向往。单就开头的一个组诗《不可名状的香》，即可窥见他从中获得的内心平静及由此而展开的从容，不妨读一读这样的句子：

"如果想象沿溪而上/你将听到鸟声/任性地挥霍乡恋/看到茶的前身/在雨雾中翘首企盼/等待这个夏日的午后/与你邂逅谈禅/然后，相视一笑"。

行走和乡土之歌

在这部诗集里面，还有一部分作品是专门着眼于地方见闻及掌故的，收录于第三辑《风中行走》中。这些诗作，截取所去过的各个地方中一些细微但却能引发感受的事物，如一架水车、一座浮桥、一场雨、一棵树等等，进行不拘一格、独具慧眼的诗意采撷。在采撷与书写之间，陈其旭似乎有意忽略了那些众所周知地带着明显地方烙印的事物，而只是闪现一双掠动而过的眼睛，拉开一个诗意行走的身影，但在读罢诗作之后，又总能令人对那个似乎只是轻描淡写的途经之地生出印象。我认为，这种反习惯的淡化手法，与前面指认的拟人化、物化一样，同样体现出技巧的特点及魅力，如同水墨的点染和写意之道。

在行走的他乡之外，同时也不乏着眼家乡的诗作，如同打开一幅地方风情画卷，诗人的情感和情怀跃然纸上。就此，诗人黄昌成曾作出如此赞许："陈其旭推销自己的家乡时不遗余力，对所写的作品则抱着几分谦逊。"在诗集第四辑《在水一方》，充溢着满满的"家乡的味道"，陈其旭写家乡风土人情、乡野村落、人与事，或飘散在或远或近的记忆中，或具体到火龙习俗、老榕树和古镇等，取材独到，特色鲜明，用情真挚，感人至深，形象、清晰地勾勒出切入生命和热爱的一方水土，表现出一个诗人讴歌家乡的应有之义和对生养自己的乡土的感恩之情。

"走一条未知的路/你褪去青涩、犹疑/拐弯处，就有幸福等你"，这是《幸福就在拐弯处》一诗中的句子，流露出一种成熟、洞悉之后的从容，陈其旭将这首诗的题目同时作为诗集的命名，表明他对自己的写作和思考已有了期许，有了信心。我相信，这也是他在生活、人生之途上一路行进间发出的心灵之语，只要拥有诗心、情怀与爱，拥有对生命的真挚，对世界的领悟，在转身和拐弯之处，必然会与幸福欣喜相遇。

2016 年 10 月 / 广州五羊邨

（作者系著名诗人、散文家，中国70后诗歌运动主要发起人之一）

第一辑

回眸岁月

打翻的春天

藏在陶缸里的花
寒冷的梦
有草原、飞鸟、骏马
王子灿烂的笑

一个莽撞的少年
将春天打翻
思念倾泻，一半呐喊
一半追寻到天边

舞蹈家

红裙牵出朝霞
天空托起大海的蓝
北雁落，南鱼沉
惊艳舞出喜气

旋转的花，隔着渔网
将清冷逐出沙滩
被天地人深深爱着
你却一无所知

静美无声

银杏飞进阳台
召开色彩大会
空椅子上的霞光
转身走出草坪

静美无声，转身
掀起挑剔的艺术风暴
梦中的蒙娜丽莎
秋色一路追寻

光绘摄影

光塑造的世界
旋转着美
玄妙的手势
没有多少人懂

用镜头追光
刹那不再奔跑
艺术天才带着颠覆
神还默许你任性

螳　螂

屹立高枝上
小鸟飞来
它摆出的螳螂拳
自以为招招凶狠

愚昧的祖先
在大路上挡车
高空中，它要用天真
创造虚妄的神话

孤 独

主人造豪宅，富贵
狗窝窗明几净，幸运

主人起早摸黑
不如豢养的狗悠闲

狗寂寞地等
不懂主人为何拼杀

名利场上打滚，宠物模糊
玻璃窗里俯视，期望真切

狗开心，听到疲惫的脚步声
主人快乐，看见摇动的亲情

鹅

踏响早晨的阳光
前面一定有美好在等
瞧这一家子
夫君昂首阔步
娇妻，含情紧跟
可爱的孩子们
小步奔跑，美意写在脸上
几多貌似富贵的人生
也没有这惬意一瞬

凝固的空气

巢穿之际，没有征兆
两只鸟儿还不会飞
跌向深渊的痛
刺伤林子的静美

生命向下，母爱向上
咬住连环下坠的
爪子，凝固的空气
窒息所有善良的目光

门槛很低的高贵

捧起一本书
世界迅速进入宁静
你看到碧绿、硕果来自山野
也听到风雨拍窗
耕耘者传来的叹息

你要的门槛很低
摒弃的利欲像山一样高
繁花落尽,红袖慵倦
一生跟随的高贵
记挂你的每次回眸

挥别青涩（组诗）

摘星的人

天太高，摘星的人
屹立树梢
再踮起脚尖
还向天空借云梯

耀眼的星很多
她要飞到天上去
为青春为诺言
摘下最亮的一颗

你飞得很高

你飞得很高
仰望的人
看到你的光环
触摸不到你的泪水

拼搏的路很长

磨难像你拍去的尘埃
没备些伤痕的人
不要跟着高飞

白云托起它的翅膀

霞光照，鸟要飞
白云托起它的翅膀
不敢企及的高度
风，暗暗助力

山下的嘲笑，看不到
苍松、飞瀑、高山
巅峰处，祥云飘过
不带一丝流言

幸福就在拐弯处

山路很长，一个人走
任阳光从肩上滑落
鸟的天籁在背后追

一片树林
撑起一片云天

你的梦却在云天外

走一条未知的路
你褪去青涩、犹疑
拐弯处，就有幸福等你

你惬意于安逸

阳光穿过窗口
绿叶听到春的呼唤
你的沉睡带来短暂的美
也带走你不肯交出的青春

每天都是最年轻的日子
你惬意于安逸
冲向巅峰的人
没有时间叫醒你

不知青春会老

走向十里银滩
你像一滴水融入大海
风从梦中吹来
小幸福有细沙晾晒

背影像花一样妖娆
不知青春会老
大海送走了又一个落日
你欢呼彩霞满天

写给女儿（组诗）

你是一只小小鸟

你是一只小小鸟
最初的啼哭
曾是老爸老妈的天籁
可以永远弯下的腰
却是你暂栖的枝头

未知的幸福
诱惑你高高地飞
天很蓝，落叶
被秋风牵挂，无穷远处
你不懂泪奔苍老

你没听过的神话

与花儿私语
纯真簇拥着你
白色黄色紫红色的花
不敢与你媲美

你的爱很小
只为一个王子蹲下
气场很大
将美带进千万家

装满善的篮子
陪阳光散心，赶走风暴
成人世界的倾轧
是你没听过的神话

你要飞

转眼间，你的
双手撑起一片蓝天
未来伸向无穷远

你要飞，你要
寻找父母目力不及的幸福
你的明天在牵挂之外

你的童稚，是一杯
女儿红，岁月舐了一口
只告诉风，有一个人会醉

你的欲望很轻

放一个气球，哼一首歌
如果阳光照亮心情
你可跳一跳，跃一跃

你的欲望很轻很轻
托起未来，爷爷奶奶的腰
一弯再弯，仍是笑呵呵

额头的白发，不告诉父母
殷红的心血，一路洒下
成长背后，你触摸不到艰辛

别人还未见过的风景

悬崖上的世界
脚掌比雄鹰的翅膀高
峭壁上的条条栈道
你用彩虹铺设

白云深处，餐风又露宿
别人还未见过的风景
补偿了你的艰辛

向空山要坦途
比水泥还坚硬的孤寂
深藏多少欢笑，飞鸟数不清

刽子手

剥森林的皮
致富
地球的哭泣，不听

剥子孙的皮
倘若也能致富
切肤之痛，不管

大海最后一滴水
化成泪，慰藉
屠刀的渴，也不要

十八层地狱下面
树墩的怒火
烧焦刽子手的尖叫

雪　鹰

雪中的鹰，只露出一双眼睛
冷峻、犀利，白色世界的
战将，霸气从不收敛

对英雄的崇敬，让它忽略了
酷寒，不邀而至的伴侣
是孤寂以外的孤寂

狐朋狗友，冻而不僵的虫
总想试探它的底线，展翅时
它可以给你笑脸，却不给哀鸣

钓 翁

选择一个清晨，向露珠借点霞光
在勿忘我丛中捡拾青春的盟约
这时，大山里展翅的小鸟
不懂拥挤、堵车和不合时宜的牢骚
它的天籁，只为早起的人歌唱

如果还有闲暇，就在山溪垂垂钓
不背蓑衣也无妨，若小雨突访睫毛
抹去水珠时，一并抹去欲望、烦恼
看鱼儿唱歌、恋爱，且远离诱饵
让忘却尘嚣的人，再背负罪恶

不肯下船的青春

红灯笼一盏接一盏
点亮，像中年的心事
热烈而不晃眼
你踏着二沙岛夜色而来

音乐喷泉触摸乡情
触摸同桌的你
自信，让好多人叫你老总
可我，一眼就想起你的青涩
与梦中还会旋转的酒窝

珠江游船一晃而过
你不知道青春也是隐身乘客
她留下的功名、财富
没有童年的城市
你都一一拾取
回头仍想一起赏月
她已不挥手，也不肯下船

诗　人

想起喜爱的诗，曾为万人关注
你的窃喜，忘了书海里浸泡的
孤寂、清贫，一条未知的路
曾用心血熬成的烛光照亮

比爱情来得更早，一生更长
当情人慢慢变老，你带着
深深的悲怜，而你热爱的缪斯
仍光彩照人，引领你从黑暗
穿越黑暗，打开无门之门

你不知信手可摘的果子
曾隔着高山大海，如果让你选择
仍愿穿过冬天，等待春暖花开

自画像

时光碎片在头上盘旋
她看到你这个无用的人
年轻时，竟想与李白、杜甫对话
不懂曾经沧海难为水
骨子里却尊元稹是前世的先生
一生未曾出国，还将普希金、歌德
雪莱、裴多菲视为遥远的亲人

井底下长大，只有一小块天空
别人的地平线，像地球顶一样攀爬
脚不长，也跑不快，甩掉卑微、贫瘠
孤寂的尾巴，你没有风火轮
只有一本本书籍，一盏从不熄灭的
灯火，一轮早起的太阳

蜗居小城，你看到，往来的白丁
渐渐远离，出入的鸿儒，终于
爱上你的执着。一张大家书赠的
陋室铭，你没有高楼大厦张挂
穹顶之下，无法掩藏的片片情爱
泅渡文字的大海，清风翻阅
明月轻吟，还有一个人在彼岸倾听

你的日子琐碎

一行敲定的诗句，朴实、婉转、空灵
听到你的千呼万唤，像红颜知己
踏着夜色而来，抽走你的疲惫
你一直挂念的书刊，像收获的果实
一一摆上案头，与她一起历经磨砺
你给她有限的生命，她将无限的安详
流进你的未来。走访艺术大家
你问冷暖，也问智慧，执着的眼神
携着梦想的契约。再到田园调研
到人民中去，送一首歌、一副副春联
展示书画摄影作品。你颂扬歌唱家
将快乐播撒到乡村，对隐身的艺术家
深藏孕育的艰辛，也一一为之点赞
你的日子琐碎，却没有时间等待
雄鸡报晓，你在晨曦中挺直腰身

旧年贴

又一年过去了
我信任的硬盘也突然失联
做一个细心的人，配合时光
收藏起工作、生活的酸甜苦辣
将欢笑、幸福、梦想和爱
以及这些年痴迷的诗文
托付给一个无声的朋友
我不曾想过她的背叛

一梦醒来，那么多
挫折、失败和灼痛我的记忆
突然消失，喜悦溢满心房
此前，沟壑间的那座桥
困境中伸出的一双手
相思谷里的再回眸
深埋心中的感激，却让我后悔
还没有大声地说出来

窗外有雨

伫立窗口，繁华拱起片片高楼
风爱哼唱的歌，一个人听
孤寂是一片不可擦去的雨珠
想念的人，隔着千山万水

挚友攀上高山，有的隐没身影
你曾一笑而过的那些白发
漫延过额头，比电梯还迅捷
每一丝忧愁，都帮你打上标记

快乐、幸福、憧憬过的爱情
你要一一收集，让温暖的种子
在来生发芽。你相信命运的指向
渐行渐远的梦想，不再策马追赶

另一个美丽的你

走上天街，你开始拾取天南地北的乡音
从青春、苍老乃至稚气未脱的背影中
你不想虚无的海市蜃楼。一辈子能否独尊
那是五岳与历史的比拼。你要邂逅的人
是另一个美丽的你。你相信，你的凡胎
曾为蝇头小利苟且，一个徒有的虚名
让你将平地踏出坎坷，欲望的大海
泰山也难以填平。云雾里，你仿佛听到
另一个你在呼唤，快放下生活的枷锁
请跟我来，爬一座名山，认识一朵浪花
与一棵树对话，感知山泉跳动的哲理
作为凡人，名誉、物质你一个也不想落下
另一个美丽的你，却常常在耳边私语
痛苦的人，给他快乐，寂寞的人，给爱
清风明月，一壶浊酒，也有人渴望
世界崇尚奉献，你要留下怀念和感激

你想和谁虚度时光

时光是你生命的小路或江河
你一生中的虚度，它都细细收集
无忧、欢乐，给玩泥巴的伙伴
冒险、求索，赠任性的踏青
一个羞涩的微笑，将睡眠赶跑
憧憬的玫瑰，给你带来销魂的浪漫
青春的拐弯处，将羊肠小道
踏出坦途，更辽阔的天空等你飞翔
母亲倚门送别，牵挂的目光很长
让你想起大雪纷飞的白发
柴扉犬吠入梦，醒来才觉片片枫叶
打湿了都市的乡愁。翻越过
人生的高山海洋，朝霞浅浅的光芒
映照着你当下向往的简约、平淡
将一生虚度的时光慢慢地梳理
曾经拥有的，仍是敝帚自珍
一再错过了的，已经不再强求
此刻，你或许还会为一个靓影哀伤
更多的，是看风怎样读懂一本书
阳台的花，迎来了一只只好奇的蜂蝶

你采摘着忧伤的美意

——致诗人黄礼孩

七月的水荫路，阳光是我唯一的行李
画家云集的画院，你是当中唯一的诗人
这是命运的选择么？诗歌与绘画
仿佛我手中的那枚太阳铸造的硬币
两个界面都给我带来价值之外的灵感
窥见你不同于别人的美妙人生

窗下的飞扬，那是爱的光线蔓延向心灵
在挪威森林，狂想的旅程给你异国之思
是敞开的时候了，你所有抵押出去的激情
带着想象和力量，带着赞美与批判
仿佛天际发出的笛声，拂过喧嚣的水泥
丛林，前往爱的路上，我看见
你采摘着人间忧伤的美意

我记得你童年徐闻的月亮，如今却不在
花城的天空，而你拥有看不见的魔法
你有跑得比闪电还快的思维
你又如此谦卑，你说你对命运所知甚少
"光停在你的睫毛上，轻微战栗的泪水
由你来变亮"，在你的一句诗里

我看见诗人西川对你说出：无限接近经典
那是你出自诗神温和的疯狂

与你谈论我家乡的风物，或者品茗闲聊
无意间，我在若有若无之里
看见你闯入缪斯女神意外的花园
仿佛从一个世界到另一个世界
光一样行走，光一样生活

内心那么不平静

走进大峡谷，内心的跋涉山高水远
抛下摩天大楼上的雾霾、噪声、面具
听到一条栈道，要步行两三个小时
你暗暗窃喜，在每个转弯处
哗啦啦的山泉，都会涌出隐秘之美
爱情沙滩上，欢乐帮你抓住一把鸟鸣

翩翩飞舞的蝴蝶，沿着溪边追逐
让你怀念起简约的人生，世俗之外
山涧里的嫁妆，风就可以轻轻地托起
一朵心形的云从山顶飘来，这是
大地假借隐喻，让你想到青春的尾巴
再不出手，此生已休想抓住

喜爱罗素的伦理、涂尔干的哲学
一个人到乡下印证婚姻道德、社会事实
沉迷于虚实中，你想掂量的幸福很多
却不知好的生活就是内心的平静
你说，你喜欢小城流水般倾泻的月光
伸手可掬的朝霞、无尘的负离子
而大海的浪花，仅在心中打个喷嚏
似箭的归心，不说，也有人读懂

第二辑

一禅一味

不可名状的香（组诗）

夏日的午后

竹子没抓住的阳光
从叶缝中间漏下
闲情的甘香
将一片山色带到都市
风铃响起时
如果想象沿溪而上
你将听到鸟声
任性地挥霍乡恋
看到茶的前身
在雨雾中翘首企盼
等待这个夏日的午后
与你邂逅谈禅
然后，相视一笑

银溪水仙

品着不可名状的香

不要想我的苍老
辽远和孤独

要想一想
采摘我的巧手
像清泉中捞起的新月一样柔嫩

想一想
唱着茶歌的妹子
也有沉鱼落雁的心事

想一想
失约千年的你
此时，已了却无憾的追寻

她的娇羞

她的娇羞
不习惯你的逼视
云雾中的芽儿
只与雨露私语

找不到季节的人
遥望山上故乡
一壶清泉惊讶
她将春天绽放

可以携带的春天

你看到茶山的绿
铺上云端
折叠起来
每一片，都是
可以携带的春天

路上的人
浅尝到苦涩
月约黄昏后
懂她的人
爱用甘香私聊

江心上的钓鱼人

江心上的钓鱼人
静坐小船里
鱼儿带来霞光
也带来都市罕见的安宁

与鱼儿相见忘俗
直钩不挂鱼饵
拉起鲜活的顿悟
一半波光，一半是禅心

童话世界

你来信说
你居住的地方有神仙
小屋流水潺潺
城堡祥和喜气
你日日整理的乐园
不让一株邪恶的杂草生长
你的召唤像霞光一样明丽
又有永恒的耐心
不给芸芸众生
带来一丝爱的负担

贝　壳

浪漫为你编织的花
携着大海的呼吸
月夜的窗下
梦，仍萦系着波涛

多少靓丽的青春
曾遮蔽你的美
剩下骸骨时
却不闪一点光

婀娜的树

倒映韩江的树
看到自己的婀娜
与江心的私语
月老译成风月
诗人悟的是因缘
通向客家香格里拉的路
你来，她等千年
不来，也等千年

诉衷肠

叶已黄，心已倦
路还很长，归去的人
卸下名利的重负
独爱一江霞光

野渡无人，小船入定
苦或甜，悲或喜
鱼儿不来
就与山水诉衷肠

江心上的天鹅

霜天将草木染红
独留一江晨雾
镜子般的水面
不需要一丝浮云

收拢翅膀的天鹅
看到天地的空旷
它仿佛在等待伴侣
又像沉醉于眼前的宁静

一个人的天堂

草儿绿，花儿黄
家园无边无际
阳光任性倾泻
你像孩子般安详

低着头，不思量
沉醉于一个人的天堂
你的静美叫人怜爱
又让心海波澜万丈

大地隐藏它的秘密

花儿香，绿叶长
蝴蝶翩翩飞
鸟嘴里衔着的母爱
填满整个天空

大地隐藏它的秘密

你喜欢的佳丽
像春风一样短暂
她要你读懂祥瑞
然后，对万物心生感激

桥　墩

守护一路赶来的霞光
桥墩举重若轻
头上卷起的喧嚣
风数也数不完

它看见水中倒映的路灯
像一只只懂生活的鱼
好与宁静私语
又像禅师啥也没说

插　花

闲情摆上几案
红花开，白花绽放
绿色忘忧草向窗
侧身而过的月亮
与偶寄诉衷肠

微风摇曳心事
伊人在水一方
一缕芳香，不在乎你能
读懂，淡雅的剪影
只要一个人收藏

人之初

抱着小狗酣睡
你的梦很甜，阳光
吻着你的乳嘴、纸尿裤
和性本善的人之初

你的不设防
弥漫上天喜爱的安详
别样的温暖，心怀
叵测的人，说了也不懂

小小的天堂

鸟在水上
不臭美倒影
收拢的翅膀
放下飞翔的思想

顺着风
和浅滩私语
鸟忘却尘世，只陶醉
脚下小小的天堂

你爱上的世界

阳光穿过冰雪
大地满足于自己的静穆
飞鸟收起鸿爪
不想惊动冬眠的鱼

你爱上的世界
一天比一天暖和
林子背后，盟约如春
有一个人在等，没有寒冷

一个人的艺术展

石头上沉睡的花
绽放威尼斯的静穆
阳光的猫步
交给海之蓝看守
一个人的艺术展
张扬造物的美
好事的风，别打扰
颂歌，越过穹顶
也不需要唱出

美好的一天

风雨刮破的皮肉
岁月化作花蕾
多么美好的一天
大地辽阔，瓜果低垂
阳光晾晒你的青春

煦风爱热闹
常为耕耘点赞
你像一个羞涩的人
脸上掠过红晕
却没有惊动一只虫儿

美不需观众

冰山上的三只企鹅
踮起蓝色的羞涩
海平线的喜气
抖动起伏的乳房

耳语凌空飞跃
迎着光，美不需观众
静穆荡漾的幸福
也不期望被谁看见

有　感

花瓣离开枝头
陶醉在飞舞的空中
落地的瞬间
迷情托起丝丝自恋

把结果这个粗活
留给其他花蕾
暗香梦到惊艳
梦不到风和脚印

第三辑

风中行走

连城走笔（组诗）

山顶画家

比冠豸山高的人
身影瘦削，汗水成霜
阳光穿透草帽
穿不透画笔的犟
色彩盛宴，日夜
遮盖离家的痛
掌声响起，拍手的
总是青山绿水，蓝天白云

勇　士

独轮车、摩托车、平衡杆走钢丝
高空的勇士，是自己的神
险境，收获崇仰的欢呼
绝地，不说磨难的风霜
云端上的树枝，伸着手
静若处子，等的是你

雕版印刷

四堡书馆里
时光倒流
雕版上刷墨的少女
低头与先贤对话
举手揭起道道金光
穿越千年而来的文人
竟不敢逼视

生命之根

刺向青天，骄阳似火
雄起的梦，写满自信
遥想一个个无外交的弱国
软烂如泥，蓦然回首
愧对万里江山和潺潺溪谷

生命之门

上善若水
生命之门就在水上
捂着死神的笑
怜爱新生

天下的阴柔
世上若有十分
九分就在客家神山

人在培田

岁月在青石板上老去
城里的乡愁
踏碎夕阳
看到祖先的辉煌
你若随缘，你想安好
就随幸福转个弯

培田水车

童年的水车
转动在千里之外
红衣汉子的手
尝试抓住时光碎片
溅起的水花
多像冷面判官
将秋天送来
又将秋天带走

九龙湖坝

九龙湖里的那汪绿
见证青春的盟誓
秋风起时
大坝上的悲欢
向内也向外
你来，一湖的爱
正无声上涨
等待成空
百丈沟壑悲鸣

云龙桥

手持相机的美女
按下快门时
三百多年前的云龙桥
风吹过，雨打过
到此一游的客人
又是转眼别过
桥上桥下的兴荣
明月有心照过
流水却无意诉说

过　客

崇祯那年的鹅卵石
早就等待你的高跟鞋
踏响一路阳光
凝视你的背影
廊桥无声
眼前走过的那个倩影
却是如此娉娉婷婷

锦鲤与黑天鹅

神话中的黑天鹅
与锦鲤嬉戏
天下的绿溢满石门湖
水里的锦鲤
与庄子梦中的蝴蝶狂欢
水上的黑天鹅
一家子其乐融融
名利的浮云，已懒得一啄

浮　桥

撑一把小伞
走向幽深的曲径
古代山水诗人
是否抚琴践约
蝉儿不知道
石门湖也不知道
只有午后的鸣鸟
正伸着秋日的懒腰

泸定桥

枪声冷却
历史在这里转弯
手擎丰碑的勇士
用热血温暖铁索

俯拾战争奇迹的游客
追忆从天而降的先辈
桥头闲聊的老人
仍在咀嚼勇敢者的传说

腾冲竹编

生命涅槃的竹子
挤在古镇
晾晒午后的慵懒

匆匆的脚步
投下迷人的一瞥
她也细心收集

秘境的民俗
藏在敞开的心胸
等待你的深邃

她的风情
浅薄的目光
看不到一丝摇曳

仓子下

时辰到了，群山停止喧闹
太阳将余晖射向柴垛
勤劳的人，正收拾碗筷
她要在天黑之前
献上山村好客的习俗

打糍粑的汉子，反复
击打乡下的甜蜜
还想将山风运回都市
近在咫尺的五棵松，夕阳下
带着众生说不出的安详

红树林公园

湿地的暖阳，海风的咸
携着大亚湾的思念
你驻足的地方
绿荫摇曳，群鸟合唱

你的心中藏着秘密
独爱红树林的坚守
一生都在苦水中浸泡
却给新城带来勃勃生机

梦中的母亲河

梦中的母亲河
有桃花坞的妖艳
来不及飞的鱼
用肚子投下最后的赞美

穹顶之下
人心隔着雾霾
狰狞的黑手
背着死水走天涯

雨落锦里

午后，雨从古街锦里落下
你站在窗口，不再去想武侯
六出祁山的功过、三国分分合合
也不想张飞牛肉、夫妻肺片
三大炮、钵钵鸡和糖油果子
只是想象古代的秀才，千年前
曾站在窗口，听小雨唱歌
看灯笼送暖，一口碧潭飘雪
沿着民间神游天府之国
只想楼下走过的花伞，追赶
不到远去的青春，月老的飞箭
已落入宿命的靶心。午后
做个多余的人多好，你忘记磨难
也不说幸运接二连三的眷顾

品读珠海（组诗）

珠海渔女

伫立海边，苗条、高挑
像你梦中的情人
嘴角浅浅的笑
一次次偷走你的梦

你想献给她的玫瑰
向你索取青春
你迷恋没有乡音的故乡
她替你说出漂泊的悲欢

永远年轻的渔女
从不垂怜鬓角的沧桑
她要你的执着、智慧
你想陪她慢慢变老

野狸岛

踏上传说中的野狸岛

你不再关心野狸和狮子
曾怎样争斗与偷吃祭肉
狮山在东还是野狸山在西

放下干不完的活计
一再追逐的名利
今天，你携手红颜
看鸟儿高飞，听海风逐浪

海语路上，你要停一停
做一片快乐的绿叶
与簇簇有思想的花对话
颜色与香的哲学，匆忙不懂

侧身走过，一个个安详的老人
背后的铃铛，少男少女按响
对岸的高楼，读懂你的心事
爱上香州，今天心情真好

好人谢坚

将邮件驮上单车
海岛就是你的家了
一个个没有地址的邮件
你要帮它寻找亲人

一封薄薄的书信
你触摸到一个母亲的叮咛
一件柔软的毛衣
你看到多少军嫂的挂念

爬山坡、走街巷、跳船排
大海带着汗水的咸
海风剪去你的缕缕长发
你要的美不在额头

与寂寞谈心，和艰辛说坚守
外伶仃岛上，大海听懂
你的乡音，不说再见
盘旋的海鸥，传来声声欢鸣

题文天祥塑像

告别外伶仃岛，文天祥的
塑像，仍在你心中轩昂
他注视过的伶仃洋
海蓝风轻，比天空还辽阔

默诵着正气歌
内心的大海翻滚

挽扶大厦将倾的南宋
你看到他孱弱的肩膀
曾为一个帝国的末日惶恐
铮铮铁骨，将天下的
孤苦品尝又品尝

人生自古谁无死，历史愈远
鬓角的霜雪愈低
你不悲怆大海落日
身边的美人迟暮
也不再悲怜。隔着大海
遥望民族英雄，你仍看到
他留取的丹心，世代照耀汗青

泰山上的树

春天还在低处
你看到的我，是凋疏的
就像泰山上的树
只有光秃秃的枝丫
没有绿叶，也没有一朵花

一步一步地攀登
艰辛，你是看不到的
冷风与霜雪的吹打
骨子里的疼痛以及孤寂
也是你没有过的经历

很多时候，不能
为你展示更美的我
曾为自己的凋疏悲怆
待我枝繁叶茂
果子，看见你已下了山

大埕湾

做一位观赏者，没有风雨
你知道，天空从不吝啬她的恩赐
从山城奔来，一生膜拜大海
你要将她洒向海滩的金子
装进平平仄仄的心怀

你看到扛绳、摇橹、拉网的人
已早你一刻叠起片片黑暗
咸腥的海风，熟悉这些瘦小的身影
额头上的皱纹，风雨镌刻成笑的样子
爱听拉网小调，还爱与海私聊

海水拍打着脚踝，你拾起的
一个蛤子，带来一声欢呼
一网沉甸甸的鱼儿，谁抬向岸边
你不知道。风波里的鲜美
朝阳升起时，从未唤醒梦中人

棣萼楼后门

踏着木梯轻轻走上二楼，这座普通
民宅的后门，阳光止步于通道
透过几根小木柱子，山上茂密的树林
像好客的主人，频频地招手

热浪袭来，一株株新生的树木
仍依稀记得，八十五年前，曾联结着
峥嵘岁月的枪支、药品、食盐
支撑着红色交通线的信念与力量

月亮西沉，危险来自一群狼的嗅觉
一个告密、一次搜捕和没有预兆的暗杀
每个些微的疏忽，都可导致人头落地
刚发芽的种子，被风刀雪剑扼杀

炊烟升起，每次从后门潜入大山的脚步
都是北上革命的同志，朝着一个目标
追寻，像一条条被江河引导的小溪
归集大海，无数浪花卷起波涛的合唱

大暑之日的午后，擦不干的汗水

带我走上了二楼，时空回放黑白影像
平安抵达的"伍豪"，仍警惕白兵动向
三个小时的停留，还顾不上好好地吃上
一口热饭，就从这里急速爬上后山
奔向青溪村，再奔向大革命的最前沿

伫立后门边的"吉旭堂"，拆开胜利的
谜团，在暗中守护红色政权的链条中
一个藏在棣萼楼的秘密转移通道
竟然是党史中不可缺少的一环

有了它，历史就在这里拐向辉煌
无数的偶然也成了必然，为了
穷苦百姓翻身解放，人民过上好日子
装成生意人的周恩来，拍去旧世界的尘埃
笑声朗朗，仿佛从未离开过大埔

第四辑

在水一方

DI SI JI

ZAI SHUI YI FANG

家乡的味道

萝卜和盐恋爱
阳光就是红娘
禾坪上的空
接纳老母亲的满头霜雪

揉一揉汗水，翻一翻思念
走四方的孩儿白云一样漂泊
朝朝挟起家乡的味道
竟是薄如秋风的孤单

乡野牧歌

牛铃摇响晨光
负离子横飞，撞响远山
小桥背后的袅袅炊烟
泄露农家的安详

不采菊的人，骑在牛背上
看小鸟跳动幸福
还借来南山的溪流
唱着城里人听不懂的天籁

洒满一地的乡情

霜叶叫醒秋天

闲适深入庭院

篱笆外的花

被母鸡啄破心事

小狗汪汪

报告有朋自远方来

你来不及穿履披衣

洒满一地的乡情

果实无语

香茗细细诉说

奔跑的岸

没有云翳的天
就在头上
没有雾霾的绿
就在身边
你将青春带回故乡
微笑留给不怕生的鱼

一块石，承载你的天真
一汪水，你看到上善
奔跑的岸
有你的未来
简单的快乐
慰藉了城市的暗伤

乡间舞动的鸟

乡间舞动的鸟
从不哀叹自己的渺小
婀娜的枝头
娇艳的花
时常等待她的美丽

吮吸奇异的蜜
她找到快乐的因子
与花儿私语
不懂天籁的人
都把脚步放轻

记忆中的除夕

母亲催促穿新衣的年代
除夕的脚步声已近了
手持一支点燃的香
衣兜里有一把小鞭炮
任性的夜不被责怪
那时的幸福太简单

一个个清贫的日子
握着竹竿的大人
炸响了新年的憧憬
而我有限的快乐
只一点一点地放大
再向未知的远方传递

暗　伤

没有童年的都市
梦，嗅不到油菜花香
也不知蜂儿采蜜忙
黄金铺设的故乡
路，总是太长太长

白发苍苍的爹娘
像大地一样讷言
又像花瓣踮起脚尖张望
陌生的游人接踵而至
喜气洋洋撞痛了村庄的暗伤

村 姑

脚步轻快，阳光是你的
随从，木桥下的波光
还记得钻进腋窝的春天
花海中泛起的羞涩

美景捶捶背，苦累无影踪
没有星空的都市人
小桥流水人家入梦
依稀的亲人，相会宋词中

你的微笑跑过成群的牛羊

你站立的牧场，天空弯下腰身
伸手摘下的白云，簪戴头上
雪莲花的香，在黑河行走
风吹草低，喜悦弥漫神的祥光

挤奶、喂马，与沉鱼落雁私语
你的微笑跑过成群的牛羊
遇上你是丹青的缘，闭月羞花的
传说，栖居跑马溜溜的山冈

一个名叫山果的小女孩

细数一张张皱巴巴的小钞票
你下了火车，一天一夜的步行
你高兴刚在车厢里找到归宿的核桃
它的基因，生长着山里人的
油盐、肉腥、药费，乃至一支心仪的
圆珠笔，一个造型别致的橡皮擦
山里没路，比背篓高不了多少
一个名叫山果的小女孩
你的背篓承载着成人的艰辛
山上的泥巴沾上你的校服、脸颊
妈妈烙好的红薯面饼，你舍不得吃
多卖一个核桃，你要给父母
多增添一丝欣慰，多一次回眸致谢
捂着揪心的疼，叔叔阿姨讲不出再见

火龙之夜

从民俗里穿街过巷，火龙的
盛大，带着祥云、虹霓、雷电
鼓乐声中，簇拥的人们
看见它昂首阔步，看不见的龙尾
搅动乡村的欢乐

绕场三周的金龙出洞
寓意美好、吉祥和丰收
对于虔诚的人
上天总是一一赐福
今夜，开心是可以传染的

赤膊汉子，擎起的龙头
将乡情挂上柳梢头
直上云端的烟火、光芒
已与高山、大海相约
望向埔寨，就在元宵的黄昏后

今夜，快乐不肯酣睡
细心收集的尖叫、惊叹、欢呼
像珠宝一样珍藏，待大地回归宁静

记忆的胶片就会自动回放
回放到火龙点燃的瞬间
刺痛乡愁的天涯

埔寨火龙

踏着新年的祥瑞
一条条长长的火龙
全身插满了火箭、烟花
威风凛凛，在人头涌涌的夜幕下
昂然走进龙身崇
十万双天南地北的眼睛
正聚焦广东埔寨
十万颗见证奇迹的渴望
静待火龙的涅槃

电光一闪
当龙头上的火箭射向天空
龙身上的火花恣意喷射
一群赤膊上阵的汉子
在粤东的小山村高擎着灵动的
火龙，照亮千万个惊呼
一个个手持长枪短炮的摄友
像冒着枪林弹雨的战士
将生命融入火龙
翻腾、壮观、惊险的一瞬间

今夜，星星点灯
万人空巷，万家欢笑
今夜，埔寨无眠
丰顺无眠，从乾隆六年
神话中一路走来的火龙
又孕育了几多新的人间神话
一条条光耀华夏的火龙
让火龙之乡闻名遐迩
一张张兴致勃勃的笑脸
在声声祝福中
忘了自己是过客还是归人

你的乡愁

千里之外，你挂念的红灯笼
已攀上去年的小叶榕
与春风一起荡秋千
阳光也早早起床
将祥瑞塞满每个缝隙

你常路过的广场
红的芍药黄的菊花红红绿绿的
橘子树，手牵手围成花海
五颜六色的祝福无须一个文字

你还没想到的情侣路
已经是人头簇拥的花市
一朵朵花儿，用娇艳
争相写着新年的快乐、吉祥
还有一副副红彤彤的对联
墨迹未干，就懂你
对人生的期望、祝福

北国的白雪，天涯的碧海
看见你奔走的快乐

黄山的迎客松，长城的上弦月
听到你赞不绝口的神州
一片蛙声入梦，无际的稻香
供出你青梅竹马的江南

守望古村落（组诗）

等待是一支射不出的箭

呆坐在古村落里
你像一个能动一动的塑像
看见朝霞，沿着石板路
细心收集旧时的木屐声

一群背着书包的孩童
从身边一个个依稀走过
将回声兑换为知识、实业和荣誉
在目光不可触及的地方
洒下新的快乐，爱和哀愁

阳光悄悄爬上屋檐
你相信时间才是它下降的梯子
一只啄食的老母鸡
咯咯地叫，好像也读懂了
你手中洒下的寂寞

这时，墙头上的花开草绿
春天正踮着脚尖赶来

团圆的钟声却未冷却
你的等待是一支射不出的箭
思念的弦绷得再紧
可以定向瞄准的靶心
也如眼前的云翳
无法拴住新年的烟花爆竹

无所系的心

目光从墙头上的草
一直下降到断壁残垣
铺满石头的小巷
斑斑驳驳，时光的快车
跑过了康乾盛世
又跑进一个新的千年

如果目光再远些
你会透过石桅杆的霞光
看到骑马的先贤
将一个家族的根
扎进鞭子指向的山坡
沿着族谱的沃土追寻
开枝散叶的大树
高挂着民间的光荣和梦想

秋风吹起，你寻找的乡愁
像墙根上垒起的石块
曾撑起一代代人的安康
假如能给它们一双手脚
你想亲手牵一个回城
让无所系的心
夜夜惦记家园的重量

五丛榕
——写给中国古村落丰顺种玊上围

阳光惊动水面的鸭子
池塘的水牛，反刍着传说
五丛榕漏下读书声、练武声
散开三百多个春秋的绿荫
远看客家汉子，近听潮汕方言

一个举人的诞生
添上种榕一棵的村规
无声的铭记，比烟花爆竹响亮
久远，一个宗族的荣耀
五个举人合力撑起

倒映池塘的叶子，仿佛
族谱里的书签，夹着旧时光

古寨的姿娘，用闲情拨开暮色
仰慕而来的游客
读出，一方水土的传奇

古镇丰良

斜塔屹立牛牯山上，顺着煦风
看见船头状的普济桥，有温泉守望
水蒸气弥漫喜悦，沿着霞光上升
古镇的祥和，鸣鸟泄露秘密
巷子深处的小吃，悠闲一步三回眸

天赐的温泉，与时间一样不老
像一个个十八岁的村姑，转弯处的
岸边、农家、酒店，常与你撞个满怀
野性的热流自溪边涌起，暧昧又张扬
只有丰饶的家园，将温暖任性涌出

从此地走出去的吴六奇，怀揣古镇风云
纸上万千褒贬，自有聊斋、清史列传
与鹿鼎记评说。二百多年后，铁丐
大力将军、红旗香主、总兵的族人
抗日儒将吴逸志，战长沙，三捷写传奇

秋天就要到来，欣喜途中与你相遇
俯身掬起一把民间的野温泉
想起心窝里坏笑的小妖精

湿漉漉的眷恋，借丰溪上慢慢
升起的月亮，到了天明也没有烘干

注：丰良镇1738年是丰顺始建县城所在地，1950县城迁至汤坑镇。

第五辑

羞涩时光

DI WU JI

XIU SE SHI GUANG

秋天祥和饱满

秋天祥和饱满
穿蓝色碎花连衣裙的女人
流声悦耳，身姿曼妙
脚步比霞光还轻

漫步金色木桥
爱情东望望西瞧瞧
不知祥云驾到，她一招手
幸福就小跑而来

快乐的女孩

你的天空湛蓝
不带一丝云翳
你的眼睛明亮
让花儿无法呼吸
快乐到了无法隐藏
就坐在阳光下
做一朵会笑的蔷薇
与暖风私语，听鸟儿对话
任插上馨香的翅膀
和幸福一起飞

白马与王子

王子喜欢的秋色
就在脚下的高原
白马在湖畔等待
那里有公主的至爱

跋山涉水的过客
为一个传说而来
静静守候公主的马蹄声
他自觉当了一回王子

波　浪

大海深处卷起的美
她的倩影澄澈
牵动澎湃引力
仿佛要毁灭沙滩

就像不讲理的爱
挟持青春风暴
转眼又以喃喃细语
泄露热恋的柔情

无法拒绝的等待

大地金黄时
你的诺言就近了
你说，幸福会像漫天的落叶
让我们随心拾取

数过的落叶
填满了空椅子
你的脚步有秋雾的暧昧
又让人无法拒绝等待

幸福的人

沉醉于花海中
幸福的人
比三月还鲜艳
甜蜜的日子
像风一样奔跑
短暂的梦
她也要紧紧抓住
与花草耳语
她不担心你会老去
就怕睁开眼睛
身边没有你

她们大声说出爱

两只蜗牛
攀上草菇的高山
片刻的依偎
竭尽洪荒之力

渺小的幸福
谢谢神的赐予
她们大声说出的爱
不怕阳光听不懂

你信任害羞的奇迹

大雨给你浪漫
伞的秘密无法掩藏
做一朵湿漉漉的向日葵
你的心中升起阳光

爱在骑楼弥漫
老街却以空旷容纳你
你信任害羞的奇迹
天黑前，已送出玫瑰

暗　香

荷花踮起脚尖
将企盼伸向蓝天
给路过的云一个问候
莫名的绯红
也让云捎上一些

王子的背影模糊
看不到至美的绽放
她要借云的飘游
飞向懂她的人
洒下骨子里的暗香

孑然的鸟

孑然的鸟，站在枝头
比黑暗更黑
天地的空
放大她的孤寂

风儿轻，叶飘零
百花已酣睡
等待很长
于时光却是一阵风

她的痴情
或许没有未来
悄悄靠近的月亮
带来无限悲悯

它们都忘了说爱

大鸟看见梦中的霞光
相约坡上，逆光中扇动的
翅膀，通透、喜庆

背靠着背，曲项高歌
天籁不邀听众
只许小草跟着摇曳

绝色的美，拨动心弦
刹那间，舞出永恒
夕阳唱晚，它们都忘了说爱

不再掩藏

云在窗外，像一群小绵羊
胆小、羞涩，瞅见你的皮鞭
空悬许久，隔着迷幻的飘窗
你轻轻抽打，有它渴望的快乐

云在窗外，看见你轻锁娥眉
隐秘的图文，找到前世的悲欢
风没有碧玉年华，信手乱翻
不再掩藏你的心事和召唤

剥开薄薄的黑暗

一片枫叶
藏着高雅与圣洁
灵与肉
沿着叶脉舒展

剥开薄薄的黑暗
腐朽向下，新生向上
她听从你的指引

命运无法预测的美
一个偶遇
不说等了千年

玉 雕

时光深处的佳人
身披扶不起的娇羞
浅吟阳光，低唱古典
她的等待流泻唐诗宋韵

月光如水
她已不为帝王出浴
真爱无声，她要
和等她的人好好活一回

戈壁的爱

戈壁的爱
不是月亮抚慰她的伤口
而是在荒漠中
有亘古不变的守望

戈壁的爱
不是上天垂怜她的苍凉
而是在不毛之地
看到你的揪心一瞥

期　望

你将美带到域外
红的黄的叶子
手牵着手
翻晒你的幸福

爱情太远，嫉妒的人
要做一条跟你游玩的围巾
走不进你的心
也要为你挡挡秋风

错 爱

在山上筑一间小屋
点一盏灯，等你
你说
除非山上下雪

雪真下了
你看见灯灭
她说
老去的容颜不想见你

雪落江南

雪落江南
沉醉于水墨中
你爱上的古镇
不在乎走过多少商贾
在乎小镇入诗佳人入画

一片雪花一片寄托
你的幸福不怕寒冷
魂萦梦里的笑靥
你要在乌篷船上找
还要为她高挂红灯笼

梦中的周庄

风吹过江南
思念就时粘
我的小船空空
只乘载你的承诺

杏花开，花伞动
人约黄昏后
你喜爱的小桥无名
夜夜登上我梦中的周庄

爱情沙滩

走进爱情沙滩，想起初相识的日子
霓虹、云霞入梦，快乐的涟漪
一波一波荡漾，有着大海的辽远
这时，最走心的还不是柴火油盐
而是一阵小雨，能当雨伞的野芋叶

十月的八乡山大峡谷，青山如黛
你听从流水、翠鸟的邀约，手牵着手
踏上喧嚣忘却的沙滩，你的诺言
撒出一片花海，秋天来了，你忘了
脸红的话语，只不许爱情说苍老

你的堵车愁坏热腾腾的饺子

五十八层旋宫的一碟饺子
望向窗外，一场暴雨
将你堵在咫尺，玫瑰的香
闻到路的焦灼，都市突然梗阻
手刹在另一头绷着脸

盟约的锁，无常还未打开
你的堵车愁坏热腾腾的饺子
她听见烛光里的情侣
赞美风云的拥抱，她看见
伫立窗口的人，决心学习飞翔

你要用笛声渡江

伫立初相识的长堤
春风藏起二月的剪刀
鸭子划开乡下带来的暖水
告诉在水一方的我
你要用笛声渡江

长辫甩动无边碧波
你的柔弱映照杜鹃、山茶
沉下的鱼，收起窒息的羞愧
从船尾游到船头
用你的笑脸暗暗增氧

想象满仓的乌篷船
带来灵犀、信任和辽阔
柳叶也喜悦拂面
还借我一双顺风耳
听你吹响忆江南

醉红颜（组诗）

一

草儿绿了，春天也来了
群鸟在你的窗口翻飞
小桥、流水如梦
痴心守护着别人的风景

及腰的长发，不为
某个诺言甩动
你最崇尚的欢乐
恼人的蜂蝶，都无法带来

像一朵行走的花
绽放一片惊呼
一个懂香的慧眼
途中，只为了与你相遇

二

比鸟语、山泉、玉笛

更清澈，你的天籁之声
推开虚掩的篱笆门后
弥漫喜悦的月光
用一片皎洁细细收藏

以你看不到的祥云
拥抱来自天上的雪莲
不懂暗恋的夜色
像水一样淹没你的娉婷
又像火一样，燃烧着因缘

风轻盈，云霄高远
梨花带雨，笔墨纸砚勾描
不出你的妩媚，奔跑在鹊桥上
你要的星星，笑意一一采摘
且不发出惊奇的询问

三

此前一刻，你还不知道
这支带露的玫瑰
可以轻轻摘下
一层层幽香，还可慢慢地嗅
就像从岁月深处
可以拥抱你的柔弱

告诉你，一阵风蕴含浪漫

百合的吻，且打住
销魂的月，去照别人的缠绵
一个紧锁的眉头
被读出哀愁，让你心动
眉梢上的喜悦
看见会心的破译
怜爱，已不在乎一言一语

彩虹之上，笛子的窃喜
沉醉于红唇的吹奏
内心的大海
有你无法想象的辽阔
背着相知的行囊，与灵犀
一起泅渡，你要的幸福
从此岸荡漾到彼岸

与 诗 情 的 邂 逅

——评陈其旭诗集《幸福就在拐弯处》

林伟光

读陈其旭的诗，深感到他是一位真诗人。这话有点费解。其一，他是写诗的，也写了不少，难道还不能称为诗人？其二，什么是真诗人？

这两个疑问，容我解答。一者，不是写诗的人，他就是诗人，这似乎是毫无疑义的。写诗的人多了，但是诗人却很少。更多的所谓的诗，你说它们是诗吗？分行的未必就是诗啊。二者，写出诗，且写出好诗的人，就是真诗人。陈其旭正是这样的诗人。

他的诗，有诗心，诗的意蕴，让我们感受到诗的韵味，是真正能够感动人的诗。

一直以来，我对真正的诗人始终充满着敬意。他们是很幸福的人们。生活在一种诗意之中，这是最高的境界。那么，他们是不食人间烟火的一群人吗？未必然。其实，他们也要生活，也具情感，或者，与我辈庸人比，他们对生活的感情要更加的浓，更加的表现得饶然兴致。但他们活得高蹈，飞扬着一种超迈庸俗的精神，能够在寻常之中，发现美丽的诗情画意。瞧瞧吧，他们是如何幸福的人们呢？

这种于生活里的"诗意栖居"，却是令我十分敬佩的，是一份澡雪精神的升华，而诗就是因此的体现和展示，使一个人的内心世界那么坦诚、诚挚地敞亮于我们面前。

凡真的诗人，都具赤子情怀，不设防的，让我们的机心都显得多么的龌龊，我因此感到坦然的舒坦，了无挂碍。而读他的诗，比如这本《幸福就在拐弯处》中的诗，就感到一点都没有压力，心情非常愉悦。

他的诗，起码有如下的好处：一，善于发现诗意。虽说生活是诗，不过是一种美丽的理想，未必如是；这时，如果没有诗心的敏感，到底不行。但其旭却难得地拥有如此敏锐的诗的眼睛，在生活里撷得很多诗材。有时候，我们都熟视无睹，那都是司空见惯，乃至微不足道的，容易就被人们放过了，可是，在特定的时间、特定人物的场景里，他却别具机心，能够发现其间的美，轻轻点出，立即见光彩。此时，我们似乎因此恍然大悟，大为惊叹。比如这首《你的堵车愁坏热腾腾的饺子》，堵车，对于当下的城市人来说，是常态，它又有什么诗意？可是，在特定时间、特定人物的场景里，经他这么一写，可就别有一番意趣了。其中，有巧妙的幽它一默的调侃，有"愁坏热腾腾的饺子"的另类的意象，使生活的苦恼，转化为淡淡的笑，并因此而别具情致。

二，具备关心世界的热情。一只小鸟，一只雪鹰，一个垂钓者，窗外下着的雨，还有偶尔邂逅的人，似乎都没有逃过他诗人的眼睛。这种点滴入怀的关注和打量，正是一个诗人所必需的素质。

一个写作者，诗人尤其如此，如果对我们的世界冷漠，那是很可怕的，还有什么创作的激情呢？我觉得陈其旭葆有的这份热情，正是他诗歌创作的力量，也激发着他的灵感，而动情地歌唱。

从某种意义上说，很多诗人都是乡土诗人。有的人或者不同意我的这个观点，可以列举不少城市的歌吟者，还有一些别的不好归类者。其实，你只是皮相，看不到他们内心里的世界。我认为，所谓的乡土，应该是一个大概念，绝不是我们通常所理解的。城市，其实也是乡土，有时候，我们所难忘的，刻意歌吟的，是寸心里精神的世界，而它何尝不亦是我们自身所眷眷的乡土？

如此看来，陈其旭当然也就是一个乡土的诗人；何况，他诗中的乡土意义，还得到了格外的强调。从火龙的热烈，从挑担的村姑，从记忆里的除夕，等等，他品味着浓郁的"家乡的味道"，让乡情的月光洒进他的诗心，洒进他的诗句。

当然，日子的远去，必然带走许多美丽的东西，留下来的记忆，尽管美丽，究竟敌不住时间的无情。因此，只是当时已惘然的失落也在所难免。

相比之下，或者我更喜欢他的短诗，不足十行，却写得饱满，美，有余韵。例如这首用做诗集书名的《幸福就在拐弯处》，可见这也是诗人喜欢的诗。

他的诗，总是设置一个故事的情景，这似乎成了他很独特的风格，因此他的诗，读去就多少有些叙事诗的韵味。这很好，有内涵，有耐读之处，是值得欣赏的。

但是，也有若干不尽如人意者。例如，有时候或者因为惯性思维，诗人会不自觉地陷进了一种既有的模式。中国是诗的国度，有深厚的传统文化积淀，这是有利者，却也是不利者，于诗人言，稍不留意时，我们就会落进窠臼，跑不出来。于是，前人有"唯陈言之务去"的提倡，不止陈言，还有意象，总之，出新不易，而不出新时，诗则死，这都是我们倍感困难，而不得不时时警惕的。

还有，就是有些诗，其一是写得太满了，好像不相信读者，诗人非跳出来解说不可。古人说，诗无达诂。每个读者阅读时，总是带进他们的生活经验，以自己的理解读诗，有何不可呢？其二是有的诗有点像励志的心灵鸡汤，有一些不必要的说教味。虽然，自古我国就有诗教的传统，但诗教应该是寓教于美，潜移默化。你首先是被他的艺术性所感染，获得美的愉悦，然后，才是接受教化，这是春风化雨式的润物细无声，而不是盛气凌人的教训。

近期的诗，他开始有了些改变，意境更深邃，也显得厚实，他让我们看到了光的荡漾。对此，我充满了期待。

陈其旭全身心地投进诗的创作，燃烧着，让诗句闪动着夺目的光彩。他是幸福的，正如他"致诗人黄礼孩"的诗所说的："看见你闯入缪斯女神意外的花园/仿佛从一个世界到另一个世界/光一样行走，光一样生活"。诗人无不是如此的。

（作者系中国作家协会会员，广东省汕头市作家协会副主席，《汕头日报》编辑、记者）

后　记

　　原以为，在2008年出版了诗集《水底的稻》后，感觉自己起步低、出新难，对诗的敬畏也越来越强烈，因而不敢轻易下笔，再出版诗集的可能性不大了。事实也是如此，从2009年起，我便转向写起哲理随笔《诗话人生——一个诗人的心灵低语》，共得700多则，2011年8月结集出版，2014年初，经增删润色后，还出版了修订本。

　　2014年底，我受邀组织丰顺作家到福建省连城县参加"大美冠豸山"闽粤赣三省客家文学笔会时，与当地诗人王国平坐在一起，聊起了诗歌创作的困惑和突破等问题，并说已好几年没写诗了。没想到他说现在时兴用微信写作，可选一些自己喜欢的照片激发灵感，为之配诗，久而久之，收获也颇为可观，而且写完即可分享，读者喜不喜欢、认不认可，还能即时交流与反馈，当下很多诗人都玩得不亦乐乎，对诗歌的创作发展也会起到推动作用。

　　于是，我开始尝试将边走边拍的照片配上小诗，笔会结束后，想不到竟有12首小诗组成的《连城走笔》，收入了中国冠豸山文学院主办的《客家潮》杂志的"笔会专栏"中。此后，每有出差或采风，就常常将自拍和搜集到的照片作为诗歌创作素材，灵感来时就写一写，先是写十行左右，后来越写越顺手，也就信马由缰，不再限字数行数了。

人到中年，常常会思考幸福是什么？说复杂点，幸福是指一个人的需求得到满足而产生喜悦快乐与稳定的心理状态。说简单点，幸福就是使人心情舒畅的境遇和生活。记得2004年5月，我曾出版过诗集《幸福是头上盘旋的水鸟》，那时的我，还居无定所，目标定位也不明确，更不知自己要的幸福是什么。因此，对于幸福有点可望而不可即的茫然。

时间飞逝，人生的一个小年轮转得真快。这十二年来，我不单是工作有变动、女儿上了大学，人生的目标也大致明晰，更多的是学会区别什么是无法控制的事物，让愿望符合实际。记得有句歌词是这样写的：幸福不是毛毛雨，不会自己从天上掉下来。是啊，一个人要想获得心情舒畅的境遇和生活，就要脚踏实地，给人生定个目标，并相信通过持之以恒的努力，达到成功的彼岸，在不经意间，就会听到幸福的敲门声。于是，在工作之余，写诗成了我追求另一种人生价值的跋涉，向目标致敬的加油站。于是，便有了这110多首新作，有了这本《幸福就在拐弯处》的诗集。

去年以来，集子里的大多数诗作曾先后在《作品》《南方日报》《南方农村报》《文化参考报》、广州《射门特刊》《厦门文学》、香港《圆桌诗刊》《广东作家网》和梅州、汕头、惠州、东莞、河源等地报刊发表，多位广州诗友的微信公众号也作了推介，还得到了一些编辑、方家和读者的认可。由此认为，在工作和生活中，只要努力过、追求过，理想是可以期待和实现的，幸福就在让人惊喜的拐弯处。

在《回眸岁月》中，从一群快乐的"鹅"到一个善良的"钓翁"，再到"自画像""你的日子琐碎"等诗，多是每个人生驿站的点滴感悟，细细咀嚼，可品出人世间的苦与甜、悲与喜；对挥别青涩的自觉与不期而至的幸福，则相信命运的指向，不回避，也无须强求。

在《一禅一味》中，经过不断的磨炼、思索后，对禅的实质是东方文化特有的大智慧有了更深的理解，因此，将"不可名状的香""桥墩"和"美好的一天"等题材悄然入诗，沉浸于"世界光如水月，身心皎若琉璃"的意境中，感受轻松、宁静、从容、超然的禅意人生，幸福已融入一花一叶、一桥一水中了。

在《风中行走》中，沉醉在文字的山河间，抬头始觉行万里路与读万卷书同样重要。年轻时所读的文学、历史和哲学等书，在知天命之后的行走中得到一一印证，就有了"雨落锦里"的淡然及"泰山上的树"擦肩而过的无奈。而直面各地触目惊心的污染和乱砍滥伐，"带妆的黄河""刽子手"等诗，勾起的已不单是诗人的愤慨，而是对人类未来生存与发展的担忧。

在《在水一方》中，对家乡的吟唱仍是不可绕过的主题，既有对家乡的国家级非物质文化遗产"埔寨火龙"和中国古村落"种玊上围""古镇丰良"的吟唱，也有对空巢村、空巢老人寄予的同情与反思。其中的"暗伤""无所系的心"和"等待是一支射不出的箭"等作品，都是围绕这个主题落笔。

爱情是诗歌永恒的主题，而爱情诗则是诗歌中的玫瑰。不论是元好问《摸鱼儿·雁丘词》"问世间，情为何物，直教生死相许"，还是爱尔兰诗人叶芝《当你老了》"只有一个人爱你那朝圣者的灵魂，爱你衰老了的脸上痛苦的皱纹"等诗词，无不令人荡气回肠，慨叹万千。在《羞涩时光》中，自然也不能免俗，既有"错爱""无法拒绝的等待"，也有"她们大声说出爱""醉红颜"等诗，需要说说的则是"你要用笛声渡江"这一首。

　　记得今年3月底，"你要用笛声渡江"在微信朋友圈发出后，得到不少诗人的喜爱和转发。居住惠州大亚湾的诗人木子红在微信公众号"红颜素语"推出前，约我写一段创作手记。本想已过谈情说爱的年纪，再谈情诗的创作心得有矫情的嫌疑，但回头想想诗中也涉及幸福这个主题，说说应该也是无妨，便写了如是一段话：

　　　　"从朋友圈中看到一张照片，先是喜欢它的韵味，后是收藏，有空时看一看，诗意无处不在，跳入眼帘的，是江南的水乡和女子柔弱的美。想象的场景，一个风流倜傥的青年，在初春的长堤等待心仪的情人，江边有柳树有鸭子有笛声，这些古人惯用的意境将美好的相会层层推出，应能引人期待。

　　　　尘世间从来不缺美丽的女人，惹人怜爱的，主要是看气质。除了知书达理外，更重要的是，要具有马克思最推崇的优点："柔弱"。当下情人的美再用闭月羞花和沉鱼落雁来形容，已不新鲜，但情人的美竟然能让鱼儿差点窒息和暗暗增氧，并放下羞愧痴心尾随，就会出人意料。

柔弱不是脆弱，它能给情人带来欣赏、慰藉和满足，勾起呵护的冲动，还能拓宽情人敢于担当的胸怀，使人生更辽远，更精彩。相信没有一个男人，会与一个河东狮吼般的女人谈星星、月亮，赞叹朝露，追赶夕阳，一起走在柔软的沙滩上，细数浪花的欢乐。

从柳叶拂面中，听到情人用笛声渡江，不单是信任，还包含心有灵犀。身边有一个这样的情人，若不是传说，幸福的源泉就伸手可掬。"

不论幸福远在天边，还是近在眼前，人类的一切努力都是在于获得幸福。对于每个人来说，机会都是均等的，关键是看你有无获得幸福的渴望与动力。正如梭罗说的：任何人都是自己幸福的工匠。借集子里的几句诗，为这篇后记画上句号：走一条未知的路/你褪去青涩、犹疑/拐弯处，就有幸福等你。

作　者

2016年12月12日